영랑 시집

영랑 시집

김영랑 지음

한국 시집 초간본 100주년 기념판 — 하늘

일러두기

1. 이 책의 텍스트는 1935년 11월 5일에 발행된 『영랑 시집』의 초간본이다.
2. 표기는 원칙적으로 현행 맞춤법에 따랐다. 그러나 특별한 시적 효과와 관련된다고
   판단되는 경우는 원문의 표기를 그대로 두었다.
3. 한자는 한글로 고치되, 꼭 필요한 경우는 괄호 처리 하였다.
4. 편자 주는 후주로 처리하였다.
5. 한 편의 시가 다음 면으로 이어질 때 연이 나뉘면 첫 번째 행 상단에 줄 비움
   기호(>)를 넣어 구분하였다.

영랑시집

1

내 마음의 어딘 듯 한편에 끝없는
　강물이 흐르네
돋쳐 오르는 아침 날빛이 빤질한
　은결을 도도네
가슴엔 듯 눈엔 듯 또 핏줄엔 듯
마음이 도른도른 숨어 있는 곳
내 마음의 어딘 듯 한편에 끝없는
　강물이 흐르네

2

돌담에 속삭이는 햇발같이
풀 아래 웃음 짓는 샘물같이
내 마음 고요히 고운 봄 길 위에
오늘 하루 하늘을 우러르고 싶다

새악시 볼에 떠오는 부끄럼같이
시의 가슴을 살포시 적시는 물결같이
보드레한 에메랄드 얇게 흐르는
실비단 하늘을 바라보고 싶다

3

언덕에 바로 누워
아슬한 푸른 하늘 뜻 없이 바래다가
나는 잊었습네 눈물 도는 노래를
그 하늘 아슬하여 너무도 아슬하여

이 몸이 서러운 줄 언덕이야 아시련만
마음의 가는 웃음 한때라도 없드라냐
아슬한 하늘 아래 귀여운 맘 질기운* 맘
내 눈은 감기었대 감기었대

4

뉘 눈결에 쏘이었소
온통 수줍어진 저 하늘빛
담 안에 복숭아꽃이 붉고
밖에 봄은 벌써 재앙스럽소

꾀꼬리 단둘이 단둘이로다
빈 골짝도 부끄러워
혼란스런 노래로 흰 구름 피워 올리나
그 속에 든 꿈이 더 재앙스럽소

5

「오─매 단풍 들것네」
장광에 골불은* 감잎 날아와
누이는 놀란 듯이 치어다보며
「오─매 단풍 들것네」

추석이 내일 모레 기다리리
바람이 잦아서 걱정이리
누이의 마음아 나를 보아라
「오─매 단풍 들것네」

6

「바람이 부는 대로 찾아가오리」
홀린 듯 기약하신 님이시기로
행여나! 행여나! 귀를 종그림이
어리석다 하심은 너무로구려

문풍지 설움에 몸이 저리어
내리는 함박눈 가슴 해어져
헛보람! 헛보람! 몰랐으료만
나더러 어리석단 너무로구려

7

눈물에 실려 가면 산길로 칠십 리
돌아보니 찬 바람 무덤에 몰리네
서울이 천 리로다 멀기도 하련만
눈물에 실려 가면 한 걸음 한 걸음

뱃장 위에 부은 발 쉬일까 보다
달빛으로 눈물을 말릴까 보다
고요한 바다 위로 노래가 떠간다
설움도 부끄러워 노래가 노래가

8

쓸쓸한 뫼 앞에 호젓이 앉으면
마음은 갈앉은 양금줄같이
무덤의 잔디에 얼굴을 부비면
넉시는* 향 맑은 구슬손같이
　산골로 가노라 산골로 가노라
　무덤이 그리워 산골로 가노라

9

굽어진 돌담을 돌아서 돌아서
달이 흐른다 놀이 흐른다
하이얀 그림자
은실을 즈르르 몰아서
꿈밭에 봄마음 가고 가고 또 간다

님 두시고 가는 길의 애끈한 마음이여
한숨 쉬면 꺼질 듯한 조마로운 꿈길이여
이 밤은 캄캄한 어느 뉘 시골인가
이슬같이 고인 눈물을 손끝으로 깨치나니

11

허리띠 매는 시악시 마음실같이
꽃가지에 은은한 그늘이 지면
흰 날의 내 가슴 아지랑이 낀다
흰 날의 내 가슴 아지랑이 낀다

풀 위에 맺혀지는 이슬을 본다
눈썹에 아롱지는 눈물을 본다
풀 위엔 정기가 꿈같이 오르고
가슴은 간곡히 입을 벌린다

13

좁은 길가에 무덤이 하나
이슬에 젖으며 밤을 새운다
나는 사라져 저 별이 되오리
뫼 아래 누워서 희미한 별을

밤사람 그립고야
말없이 걸어가는 밤사람 그립고야
보름 넘은 달그리매 마음아이 서러워
오랜 밤을 나도 혼자 밤사람 그립고야

숲 향기 숨길을 가로막았소
발끝에 구슬이 깨이어지고
달 따라 들길을 걸어다니다
하룻밤 여름을 새워 버렸소

저녁때 저녁때 외로운 마음
붙잡지 못하여 걸어 다님을
누구라 불러 주신 바람이기로
눈물을 눈물을 빼앗아 가오

무너진 성터에 바람이 세나니
가을은 쓸쓸한 맛뿐이구려
희끗희끗 산국화 나부끼면서
가을은 애닯다 속삭이느뇨

산골을 놀이터로 크는 시악시
가슴속은 구슬같이 맑으련마는
바라뵈는 먼 곳이 그리움인지
동인 채 산길에 섰기도 하네

그 색시 서럽다 그 얼굴 그 동자가
가을 하늘가에 도는 바람 스친 구름 조각
헬슥하고 서느러워 어디로 떠갔으랴
그 색시 서럽다 옛날의 옛날의

바람에 나부끼는 갈잎
여울에 희롱하는 갈잎
알 만 모를 만 숨 쉬고 눈물 맺은
내 청춘의 어느 날 서러운 손짓이여

뻘은 가슴을 훤히 벗고
개풀 수줍어 고개 숙이네
한낮에 배란 놈이 저 가슴 만졌구나
뻘건 맨발로는 나도 자꾸 간지럽구나

다정히도 불어오는 바람이길래
내 숨결 가볍게 실어 보냈지
하늘가를 스치고 휘도는 바람
어이면 한숨만 몰아다 주오

23

떠 날아가는 마음의 파름한 길을
꿈이런가 눈 감고 헤아리려니
가슴에 선뜻 빛깔이 돌아
생각을 끊으며 눈물 고이며

24

그 밖에 더 아실 이 안 계실거나
그이의 젖은 옷깃 눈물이라고
빛나는 별 아래 애달픈 입김이
이슬로 맺히고 맺히었음을

뵈지도 않는 입김의 가는 실마리
새파란 하늘 끝에 오름과 같이
대숲에 숨은 마음 기어 찾으려
삶은 오로지 바늘끝같이

26

사랑은 깊으기 푸른 하늘
맹세는 가볍기 흰 구름쪽
그 구름 사라진다 서럽지는 않으나
그 하늘 큰 조화 못 믿지는 않으나

미움이란 말 속에 보기 싫은 아픔
미움이란 말 속에 하잔한 뉘우침
그러나 그 말씀 씹히고 씹힐 때
한 꺼풀 넘치어 흐르는 눈물

눈물 속 빛나는 보람과 웃음 속 어둔 슬픔은
오직 가을 하늘에 떠도는 구름
다만 호젓하고 줄 데 없는 마음만 예나 이제나
외론 밤 바람 스친 찬 별을 보았습니다

밤이면 고총 아래 고개 숙이고
낮이면 하늘 보고 웃음 좀 웃고
너른 들 쓸쓸하여 외론 할미꽃
아무도 몰래 지는 새벽 지친 별

빈 포켓에 손 찌르고 폴 베를렌느 찾는 날
온몸은 흐렁흐렁 눈물도 찔끔 나누나
오! 비가 이리 쭐쭐쭐 내리는 날은
설운 소리 한 천 마디 썼으면 싶어라

저 곡조만 마저 호동글 사라지면
목 속의 구슬을 물속에 버리려니
해와 같이 떴다 지는 구름 속 종달은
내일 또 새론 섬 새 구슬 머금고 오리

향내 없다고 버리시려면
내 목숨 꺾지나 마시오
외로운 들꽃은 들가에 시들어
철없는 그이의 발끝에 조을 걸

언덕에 누워 바다를 보면
빛나는 잔물결 헬 수 없지만
눈만 감으면 떠오르는 얼굴
뵈올 적마다 꼭 한 분이구려

푸른 향물 흘러 버린 언덕 위에
내 마음 하루살이 나래로다
보실보실 가을 눈[眼]이 그 나래를 치며
허공의 속삭임을 들으라 한다

빠른 철로에 조는 손님아
이 시골 이 정거장 행여 잊을라
한가하고 그립고 쓸쓸한 시골 사람의
드나드는 이 정거장 행여 잊을라

생각하면 부끄러운 일이어라
석가나 예수같이 큰일을 하리라고
내 가슴에 불덩이가 타오르던 때
학생이란 피로 싸인 부끄러운 때

37

온몸을 감도는 붉은 핏줄이
꼭 감긴 눈 속에 뭉치어 있네
날랜 소리 한마디 날랜 칼 하나
그 핏줄 딱 끊어 버릴 수 없나

겨운 밤 촛불이 찌르르 녹아 버린다
못 견디게 무거운 어느 별이 떨어지는가

어둑한 골목 골목에 수심은 떴다 갈앉았다
겨운 맘 이 한밤이 모질기도 하온가

희부연 종이 등불 수줍은 걸음걸이
샘물 정히 떠붓는 안쓰러운 마음결

한 해라 기리운 정을 모으고 쌓아 흰 그릇에
그대는 이 밤이라 맑으라 비사이다

(제야[除夜])

내 옛날 온 꿈이 모조리 실리어 간
하늘가 닿는 데 기쁨이 사시는가

고요히 사라지는 구름을 바래자
헛되나 마음 가는 그곳뿐이라

눈물을 삼키며 기쁨을 찾노란다
허공은 저리도 한없이 푸르름을

엎드려 눈물로 땅 위에 새기자
하늘가 닿는 데 기쁨이 사신다

40

창랑에 잠방거리는 섬들을 길러
그대는 탈도 없이 태연스럽다

마을을 휩쓸고 목숨 앗아간
간밤 풍랑도 가소롭구나

아침 날빛에 돛 높이 달고
청산아 봐란 듯 떠나가는 배

바람은 차고 물결은 치고
그대는 호령도 하실 만하다

아파 누워 혼자 비노라
이대로 가진 못하느냐

비는 마음 그래도 거짓 있나
살잔 욕심 찾아도 보나
새삼스레 있을 리 없다
힘없고 느릿한 핏줄 하나

오! 그저 이슬같이
예서 고요히 지려무나
저기 은행잎은 떠 난다

내 가슴속에 가늘한 내음
애끈히 떠도는 내음
저녁 해 고요히 지는 제
먼 산허리에 슬리는 보랏빛

오! 그 수심 뜬 보랏빛
내가 잃은 마음의 그림자
한 이틀 정열에 뚝뚝 떨어진 모란의
깃든 향취가 이 가슴 놓고 갔을 줄이야

얼결에 여읜 봄 흐르는 마음
헛되이 찾으려 허덕이는 날
뻘 위에 철썩 갯물이 놓이듯
얼컥 이는 호끈한 내음

아! 호끈한 내음 내킨다마는
서어한* 가슴에 그늘이 도나니

수심 뜨고 애끈하고 고요하기
산허리에 슬리는 저녁 보랏빛

내 마음을 아실 이
내 혼자 마음 나같이 아실 이
그래도 어디나 계실 것이면

내 마음에 때때로 어리는 티끌과
속임 없는 눈물의 간곡한 방울방울
푸른 밤 고이 맺는 이슬 같은 보람을
보밴 듯 감추었다 내어 드리지

아! 그립다
내 혼자 마음 나같이 아실 이
꿈에나 아득히 보이는가

향 맑은 옥돌에 불이 달아
사랑은 타기도 하오련만
불빛에 연긴 듯 희미론 마음은
사랑도 모르리 내 혼자 마음은

바람 따라 가지오고 멀어지는 물소리
아주 바람같이 쉬는 적도 있었으면
흐름도 가득 찰랑 흐르다가
더러는 그림같이 머물렀다 흘러보지
밤도 산골 쓸쓸하이 이 한밤 쉬어가지
어느뉘 꿈에 든 셈 소리 없진 못할소냐

새벽 잠결에 언뜻 들리어
내 무거운 머리 선뜻 씻기느니
황금 소반에 구슬이 굴렀다
오 그립고 향미론 소리야
물아 거기 좀 멈췄으라 나는 그윽히
저 창공의 은하만년을 헤아려 보노니

모란이 피기까지는
나는 아직 나의 봄을 기다리고 있을 테요
모란이 뚝뚝 떨어져 버린 날
나는 비로소 봄을 여읜 설움에 잠길 테요
오월 어느 날 그 하루 무덥던 날
떨어져 누운 꽃잎마저 시들어 버리고는
천지에 모란은 자취도 없어지고
뻗쳐오르던 내 보람 서운케 무너졌느니
모란이 지고 말면 그뿐 내 한 해는 다 가고 말아
삼백예순 날 하냥 섭섭해 우옵내다
모란이 피기까지는
나는 아직 기다리고 있을 테요 찬란한 슬픔의 봄을

그 밤 가득한 산 정기는 기척 없이 솟은 하얀 달빛에 모
두 쓸리고

한낮을 향미로우라 울리던 시냇물 소리마저 멀고 그윽
하여

중향(衆香)의 맑은 돌에 맺은 금이슬 굴러 흩어지듯

아담한 꿈 하나 여승의 호젓한 품을 애끊히 사라졌느니

천년 옛날 쫓기어 간 신라의 아들이냐 그 빛은 청초한 수
미산 나리꽃

정녕 지름길 섯드른* 흰옷 입은 고운 소년이

흡사 그 바다에서 이 바다로 고요히 떨어지는 별살같이

옆 산모롱이에 언뜻 나타나 앞골 시내로 사뿐 사라지심

승은 아까워 못 견디는 양 희미해지는 꿈만 뒤쫓았으나

끝없는지라 돌여* 밝는 날의 남모를 귀한 보람을 품었을 뿐

토끼나 사슴만 뛰어 보여도 반드시 그려지는 사나이 지
났었느니

>

　　고운 연(輦)의 거동이 있음 직한 맑고 트인 날 해는 기우
는 제
　　승의 보람은 이루었느냐 가엾어라 미목청수한 젊은 선비
앞 시냇물 모이는 새파란 소에 몸을 던지시니라
　　(불지암[佛地菴]은 내금강 유적[幽寂]한 곳에 허물어져 가는
　　고찰[古刹], 두 젊은 승이 그의 스님을 모시고 있다)

물 보면 흐르고
별 보면 또렷한
마음이 어이면 늙으뇨

흰 날에 한숨만
끝없이 떠돌던
시절이 가엾고 멀어라

안쓰런 눈물에 안겨
흩어진 잎 쌓인 곳에 빗방울 들듯
느낌은 후줄근히 흘러 흘러가건만

그 밤을 홀로 앉으면
무심코 야윈 볼도 만져 보느니
시들고 못 핀 꽃 어서 떨어지거라

강선대(降仙臺) 돌바늘 끝에
하잔한 인간 하나
그는 벌써
불타오르는 호수에 뛰어내려서
제 몸 살랐더라면 좋았을 인간

이제 몇 해뇨
그 황홀 만나도 이 몸 선뜻 못 내던지고
그 찬란 보고도 노래는 영영 못 부른 채
젖어 드는 물결과 싸우다 넘기고
시달린 마음이라 더러 눈물 맺었네

강선대 돌바늘 끝에 벌써
불살랐어야 좋았을 인간

사개 틀린 고풍의 툇마루에 없는 듯이 앉아
아직 떠오를 기척도 없는 달을 기다린다
아무런 생각 없이
아무런 뜻 없이

이제 저 감나무 그림자가
사뿐 한 치씩 옮아오고
이 마루 위에 빛깔의 방석이
보시시 깔리면

나는 내 하나인 외론 벗
가냘픈 내 그림자와
말없이 몸짓 없이 서로 맞대고 있으려니
이 밤 옮기는 발짓이나 들려오리라

마당 앞
맑은 샘을 들여다본다

저 깊은 땅 밑에
사로잡힌 넋 있어
언제나 먼 하늘만
내다보고 계심 같아

별이 총총한
맑은 샘을 들여다본다

저 깊은 땅속에
편히 누운 넋 있어
이 밤 그 눈 반짝이고
그의 겉몸 부르심 같아

마당 앞
맑은 샘은 내 영혼의 얼굴

황홀한 달빛
바다는 은(銀)장
천지는 꿈인 양
이리 고요하다

부르면 내려올 듯
정뜬* 달은
맑고 은은한 노래
울려 날 듯

저 은장 위에
떨어진단들
달이야 설마
깨어질라고

떨어져 보라
저 달 어서 떨어져라

그 혼란스러움
아름다운 천동 지동

호젓한 삼경
산 위에 홀로
꿈꾸는 바다
깨울 수 없다

울어 피를 뱉고 뱉은 피는 도로 삼켜
평생을 원한과 슬픔에 지친 작은 새
너는 너른 세상에 설움을 피로 새기려 오고
네 눈물은 수천 세월을 끊임없이 흘려 놓았다
여기는 먼 남쪽 땅 너 쫓겨 숨음 직한 외딴 곳
달빛 너무도 황홀하여 호젓한 이 새벽을
송기한* 네 울음 천길 바다 밑 고기를 놀래고
하늘가 어린 별들 버르르 떨리겠구나

몇 해라 이 삼경에 빙빙 도는 눈물을
숫지는* 못하고 고인 그대로 흘리었느니
서럽고 외롭고 여읜 이 몸은
퍼붓는 네 술잔에 그만 지늙었느니
무섬증 드는 이 새벽 가지 울리는 저승의 노래
저기 성 밑을 돌아나가는 죽음의 자랑찬 소리
달빛 오히려 마음 어둘 저 흰 등 흐느껴 가신
오래 시들어 파리한 마음 마저 가고 지어라

비탄의 넋이 붉은 마음만 낱낱 시들피느니
짙은 봄 옥 속 춘향이 아니 죽였을라디야
옛날 왕궁을 나신 나이 어린 임금이
산골에 홀로 우시다 너를 따라가셨더라니
고금도(古今島) 마주 보이는 남쪽 바닷가 한 많은 귀향길
천리 망아지 얼넝소리 쇈 듯 멈추고
선비 여윈 얼굴 푸른 물에 띄웠을 제
네 한(恨) 된 울음 죽음을 호려 불렀으리라

너 아니 울어도 이 세상 서럽고 쓰린 것을
이른 봄 수풀이 초록빛 들어 물내음새 그윽하고
가는 댓잎에 초생달 매달려 애틋한 밝은 어둠을
너 몹시 안타까워 포실거리며 훗훗 목메었느니
아니 울고는 하마 죽어 없으리 오! 불행의 넋이여
우지진 진달래 와직 지우는 이 삼경의 네 울음
희미한 줄산(山)이 살풋 물러서고
조그만 시골이 흥청 깨어진다

(두견[杜鵑])

53

호르 호르르 호르르르 가을 아침
추워진 청명을 마시며 거닐면
수풀이 호르르 벌레가 호르르르
청명은 내 머릿속 가슴속을 젖어들어
발끝 손끝으로 새어 나가나니

온 살결 터럭 끝은 모두 눈이요 입이라
나는 수풀의 정을 알 수 있고
벌레의 예지를 알 수 있다
그리하여 나도 이 아침 청명의
가장 곱지 못한 노래꾼이 된다

수풀과 벌레는 자고 깬 어린애
밤새워 빨고도 이슬은 남았다
남았거든 나를 주라
나는 이 청명에도 주리나니
방에 문을 달고 벽을 향해 숨 쉬지 않았느뇨

햇발이 처음 쏟아와
청명은 갑자기 으리으리한 관을 쓴다
그때에 토록 하고 동백 한 알은 빠지나니
오! 그 빛남 그 고요함
간밤에 하늘을 쫓긴 별살의 흐름이 저러했다

온 소리의 앞 소리요
온 빛깔의 비롯이라
이 청명에 포근 축여진 내 마음
감각의 낯익은 고향을 찾았노라
평생 못 떠날 내 집을 들었노라

*

11쪽 〈질기운〉은 〈즐거운〉이라는 뜻으로 여겨지지만 정확하지
     않다.
13쪽 〈골불은〉은 〈붉은〉을 강조한 〈골붉은〉의 방언인 듯하다.
16쪽 운율을 고려하여 〈넋은〉을 〈넋이는〉으로 표현한 옛
     표기법으로 보인다.
50쪽 〈서어하다〉는 〈익숙지 않아 서름서름하다〉라는 뜻이다.
55쪽 〈섯드른〉은 〈설불리 들어선〉의 뜻인지 〈섰던〉의 뜻인지
     명확하지 않다.
     〈돌여〉는 〈도리어〉, 〈돌연〉, 〈돌려〉 등으로 해석할 수 있다.
61쪽 〈정뜬〉은 〈정든〉의 오식으로 추측되지만, 명확하지 않다.
63쪽 〈송기하다〉는 〈소름 끼치다, 싸늘하다〉의 뜻으로 보인다.
     〈숫다〉는 〈닦다, 훔치다〉의 뜻을 지닌 옛말이다.

김영랑과 『영랑시집』

영랑 김윤식은 1903년 전라남도 강진에서 부유한 지주의 장남으로 태어났다. 김영랑은 1916년 처음 서울에 올라와 이듬해 휘문의숙에 입학했다. 휘문 시절에 만난 선후배 문인으로는 박종화, 정지용, 이태준 등이 있다. 1919년 기미독립운동과 관련하여 고향 강진으로 내려가 학생 운동을 모의하다 일본 경찰에 체포되어 옥고를 치르기도 했다. 1920년 김영랑은 일본 아오야마(靑山) 학원 중학부에 입학하면서 박열, 박용철 등과 친교를 맺었다. 이 무렵 김영랑은 성악을 공부하려 했으나 부친의 반대로 뜻을 굽히고 영문학을 공부했다. 그러나 1923년 관동 대지진으로 학업을 중단하고 고향 강진으로 돌아올 수밖에 없었다.

김영랑은 열네 살에 결혼을 하였으나 결혼한 지 1년도 못 되어 어린 아내와 사별했다. 일본 유학을 중단하고 귀국한 후에는 서울로 올라가 숙명여고에 재학 중이던 무용가 최승희와 사랑에 빠졌다. 그러나 집안의 반대로 단념하고 다른 여자와 결혼하여 고향에 머물렀다. 김영랑은 세상으로 향한 관심을 거두고 고향집에서 모란과 가야금과 소리를 즐기고 또 시를 쓰면서 세월을 보냈다. 김영랑의 문학 활동은 일본 유학 시절 만난 박용철과의 친분이 중요한 계기가 되었다. 그는 귀국 후 고향에 살 때도 계속 박용철과 편지를 주고받으며 우정을 키웠다. 김영랑과 박용철은 1930년 시동인지 『시문학』을 발간했다. 『시문학』은 통권 3호로 종간되었으나 순수한 서정과 세련된 언어의 시 세계를 펼쳐 한국 현대시의 새로운 지평을 열어 준 것으로 평가된다. 김영랑의 시를 모아 시집을 내게 해준 것도 박용철이다. 김영랑은 박용철의 배려로 그동안 써온 시들을 모아 1935년 『영랑 시집』을 발간했다.

김영랑은 창씨개명과 신사 참배 등을 거부하고 음악과 시에 심취하는 소극적 저항의 방식으로 암울했던 일제 말기를 견뎌냈다. 마침내 해방이 되자 그는 고향인 강진에서 비교적 활발하게 사회 활동을 펼치다 1948년에는 고향의 집과 전답을 정리하고 서울로 이사했다. 이듬해에는 공보처 출판국장직을 맡기도 했다. 그러나 곧 전쟁이 발발하고, 전쟁 중에 김영랑은 파편에 맞아 중상을 입고 집에서 치료를 받던 중 그해 9월 29일 사망했다.

그는 암울한 시대적 상황 속에서도 고향 강진에서 풍류를 즐기며 살았다. 그는 경제적 여유뿐만 아니라 남달리 섬세한 예술적 감각을 지녔기 때문에 높은 수준의 풍류를 즐길 수 있었던 것 같다. 특히 음악을 좋아하여 임방울이나 이화중선 같은 당시 최고 소리꾼들을 수시로 불러서 소리를 즐겼다. 김영랑이 지닌 음악적 감각은 그의 시가 지닌 섬세하고 아름다운 가락에서도 확인할 수 있다. 김영랑은 원래 예술적 기질이 농후하고 아름다움에 대한 감각이 남다른 사람이었지만, 그의 순수 아름다움에 대한 탐닉과 호사스러운 풍류는 암울한 시대의 출구 없는 젊음에 대한 일종의 보상인 것처럼 보이기도 한다.

『영랑 시집』은 박용철이 운영하던 시문학사에서 1935년 11월 5일에 간행되었다. 70여 쪽에 걸쳐 53편의 작품이 실려 있으며, 정가는 1원이다. 여기에 실린 작품들은 거의가 『시문학』과 『문학』에 발표된 것이지만 발표 당시 제목을 없애고 일련 번호로만 구분한 것이 특색이다.

『영랑 시집』에 실린 53편의 작품은 한결같이 맑고 아름다운 서정을 노래하고 있다. 영랑의 시가 우선 주목하는 것은 〈돌담에 속삭이는 햇발〉이나, 〈풀 아래 웃음 짓는 샘물〉, 〈너른 들 쓸쓸하여 외론 할미꽃〉, 〈여울에 희롱하는 갈잎〉 등이다. 그것은 주변의 일상적 자연 공간 속에 보일 듯 말 듯 숨어 있는 작고 아름답고 정겨운 자연의 모습들이다. 영랑의 섬세한 감각은 작고 고운 자연의 모습들을 섬세한 언어로 표현한다. 그러나 영랑의 시에서 작고 고운 자연의 모습보다 더 중요한 것은 마음이다. 영랑의 시는 외부의 자연 세계를 노래하기보다는 내부의 마음 세계를 노래한다. 햇발이나 샘물이나 할미꽃 등도 궁극적으로는 마음의 결을 표현하기 위한 보조물에 가깝다. 가령 영랑의 대표작인 마흔다섯 번째 시 「모란이 피기까지는」도 모란 그 자체를 노래한 것이 아니라 사랑하는 모란이 뚝뚝 떨어 져 버린 날의 그 서러운 마음의 무늬를 그리고 있는 것 이다.

『영랑 시집』은 무엇보다 마음의 결을 노래한 마음의 시 집이다. 시집의 첫머리에서부터 영랑은 〈내 마음의 어딘 듯 한편에 끝없는 / 강물이 흐르네〉라고 마음의 강물에 대 해서 노래한다. 『영랑 시집』은 바로 이 마음의 강물을 섬세 한 언어로 보여 준다. 『영랑 시집』속에서 마음의 강물은 아슴프레한 감정의 안개 속을 흐른다. 그래서 영랑의 시들 은 막연하고 모호한 느낌을 주는 경우가 흔하다. 흔히 노 래되는 외로움과 그리움과 서러움의 마음들은 특정한 대 상도 없고 뚜렷한 지향도 없다. 다만 매우 잔잔하고 고운 마음결이 느껴질 따름이다. 그 마음결은 시골 소녀의 마음 처럼 곱고 섬세하다. 그리고 세상의 복잡한 일과는 아무 상관없는 듯이 외롭고 순수하다. 그 마음에 머무는 것은 〈돌담에 속삭이는 햇발〉 같은 것이며, 그 마음이 서러워하 는 것은 모란이 지는 것이다.

『영랑 시집』을 관류하고 있는 슬픔과 서러움의 감정은 어떤 면에서는 전통 시가나 민요의 애상성과도 통한다. 김 영랑은 남도 방언들이 지닌 억양과 향토색을 잘 활용한다. 그의 시에서는 소박하고 푸근한 고향의 정서가 느껴지기도 한다. 그러나 맑은 정서와 섬세한 가락과 친근한 향토 색 뒤에는, 나라를 상실한 시대에 한 개인이 겪는 비애와 절망이 깔려 있다고 볼 수도 있다. 즉, 그의 시 속에 흐르는 슬픔의 정조는 근거 없이 막연한 것이라기보다는 시대의 슬픔을 맑은 정서로 여과하고 순화시킨 것이라고 할 수 있 다. 김영랑의 시는 잘 다듬어진 언어, 부드러운 율격과 음 악성, 남도 사투리와 여성적 어조, 암시적인 언어의 음영, 은밀하게 스며들어 오는 이미지들을 이용하여 삶의 비애 와 고통을 순화된 마음의 풍경으로 표현한다. 그의 시는 한국 현대시가 지닌 심미와 서정의 한 극단을 보여 준다.

이남호(고려대학교 명예교수)

편자의 말

한국 현대시를 대표할 만한 시집들의 초간본을 다시 출간하는 일은 과거를 오늘에 되살리는 일이라기보다는 점점 과거 속으로 사라져 가는 것에 새로운 생명을 부여하여 여전히 오늘의 것이 되게 하는 일이라고 생각한다. 한국 현대시 100년의 역사는 많은 훌륭한 시집을 남겼다. 많은 훌륭한 시집들이 모여서 한국 현대시 100년의 풍요를 이루었다고 말할 수도 있다. 그러한 시집들을 계속 살아 있게 하는 일은 시를 사랑하는 사람의 의무일 것이다.

그러나 이러한 작업은 겉으로 드러나지 않는 수고와 신중함을 많이 요구한다. 첫째는 대표 시인을 선정하는 어려움이다. 수많은 시집들을 편견 없이 재검토해야 하는 수고도 수고지만, 선정과 배제의 경계에 있는 시집들에 대해서는 많은 망설임과 논의가 있어야 했다. 대표 시인 선정 작업이 높은 안목과 보편타당한 기준에 의해서 이루어졌는지는 시간을 두고 전문 독자들에 의해서 판단될 것이다.

두 번째 어려움은 표기에 관련된 것이다. 사실 20세기 전반기의 우리 출판과 한글 표기법의 수준은 보잘것없다.

맞춤법, 띄어쓰기, 행 가름, 연 가름 등에는 혼란스러운 곳이 많고 오식으로 보이는 부분들도 많다. 그것들은 오늘날의 독자들에게 혼란과 거북함을 줄 뿐만 아니라, 작품의 이해를 방해하기도 한다. 그리고 다른 지면에 인용될 때마다 표기가 달라지는 결과를 낳기도 한다. 근대 초기의 많은 문학 작품들을 오늘날의 표기법으로 잘 고쳐서 결정본을 확정 짓는 작업이 시급하다고 할 수 있다. 이러한 생각에서 시적 효과를 지나치게 훼손하지 않는 범위 안에서 표기를 오늘에 맞게 고쳤다. 그러나 시의 속성상 표기를 고치는 일은 조심스럽지 않을 수 없다. 단어 하나, 표현 하나마다 시적 효과와 현재의 표기법 그리고 일관성을 고려해서 번역 아닌 번역 작업을 해야 했다. 이러한 작업이 원문의 분위기를 어느 정도 훼손하는 것은 어쩔 수 없었다. 또 어떻게 고쳐야 할지 판단이 서지 않는 부분도 꽤 있었다. 어쩌면 표기와 관련해서 노력한 만큼의 성과를 얻지 못했는지도 모른다. 그러나 이러한 작업의 축적을 통해서 작품의 결정본을 만들어 나갈 수 있을 것이며, 또한 오늘의 독자에게 친숙한 작품이 될 수 있을 것이다.

초간본의 재출간 아이디어를 최초로 낸 사람은 열린책들의 홍지웅 사장이다. 그분의 남다른 문학 사랑과 출판 감각 그리고 이 작업에 대한 전폭적인 지원에 존경심을 표하고 싶다. 그리고 시집 선정과 표기 수정 및 기타 작업은 이혜원, 신지연, 하재연 선생과 팀을 이루어 했다. 이분들의 꼼꼼함과 성실함에도 존경심을 표하고 싶다. 이 총서가 문학 연구자들뿐만 아니라 일반 독자들에게도 널리 그리고 오래 사랑받기를 바란다.

이남호

한국 시집 초간본 100주년 기념판

영랑 시집

지은이 김영랑 김영랑은 1903년 전남 강진에서 태어났다. 본명은 윤식(允植)이며 휘문의숙과 일본 도쿄 아오야마(靑山) 학원에서 영문학을 공부했다. 일본 유학 시절 만난 박용철과 함께 1930년 『시문학』을 발간하며 시를 쓰기 시작했다. 1935년에 펴낸 첫 시집 『영랑 시집』은 한국 현대시가 지닌 심미와 서정의 한 극단을 잘 보여 주는 것으로 평가받는다. 영랑은 1949년 공보처 출판국장직을 맡았으며 1950년에 작고했다.

지은이 김영랑 책임편집 이남호 발행인 홍예빈 · 홍유진
발행처 주식회사 열린책들 주소 경기도 파주시 문발로 253 파주출판도시
전화 031-955-4000 **팩스** 031-955-4004 **홈페이지** www.openbooks.co.kr
Copyright (C) 주식회사 열린책들, 2022, *Printed in Korea.*
ISBN 978-89-329-2215-7 04810 ISBN 978-89-329-2209-6 (세트)
발행일 2022년 3월 25일 초간본 100주년 기념판 1쇄

초간본 간기(刊記) 김윤식 저 인쇄 쇼와(昭和) 10년 10월 20일 **발행** 쇼와 10년 11월 5일 **반가(頒價)** 1원 **저작 겸 발행자** 박용철(경성부 적선동 169번지) **인쇄소** 한성도서주식회사 **인쇄인** 김진호(경성부 견지동 32번지) **발행** 시문학사(경성부 적선동 169) 진체(振替) 구좌 경성 18605번 **총판매소** 한성도서주식회사